대한문인협회 광주전남지회 동인문집

세월을 잉태하여
2집

시음사
시사랑음악사랑

동인지 2집을 펴내면서

길을 걷다 문득 올려다본 하늘빛이
눈물 나게 아름다운 날.
시선 하나 받지 못해도 들녘을 지키며
오롯하게 피워내는 풀꽃들.

달빛의 충만함. 그 빛을 받으며
새벽을 깨우는 생명의 소리.
그리고 소소한 삶의 여정에서
울고 웃으며 만나게 되는 인연들.

어느 것도 허투루 지나치지 못하는 시인은
한 편의 시를 쓰기까지
긴 날을 고뇌하고 탈고하며
한 작품을 위해 밤을 새우기도 합니다.

녹슬지 않도록 늘 닦고 닦아
빼곡히 적바림해둔 19인의 향기가
"세월을 잉태하여 2집"이라는 날개를 펴고
세상 속으로 두 번째 비상을 합니다.

제 그림자 끌어모아 그늘을 만들고

넉넉한 쉼을 주는 고목처럼
늘 곁에 두고 마음을 살찌우게 하는
동인지가 되길 소망하면서

이 글을 펴낸이도. 이 글을 읽는 이도
두루 행복한 날들 만나시길 기원합니다.

대한문인협회 광주전남지회 지회장 김강좌

시인 **김강좌** 편

››› **시작 노트**

언 땅을 깨고 나와
봄을 기다리는 키 작은 풀꽃들
바람 앞에 찰랑찰랑
초록을 노래하고

곰살맞은 햇살과
눈이 맞아 풍경 같은 계절을
그려내는 들녘은

내 삶에
또 하나의 의미가 됐다.

홍매화 / 김강좌

푸른 빛 속살 열어
새벽을 깨워 놓고
온 숨결 하늘 바라 붉게 빚은 그리움

우르르 꽃입술 터트려
봄 마중 분주한데
여우비 시샘하듯 사분사분 적신다

무게를 이기지 못해
꽃술 만 남겨 둔 채
그림자 곁에 누울까 하냥 조바심에

몇 점의 꽃잎 따서
찻잔에 우려 놓고
화폭에 꽃물 적시니 다시 피는 그 숨결.

낙화 / 김강좌

담장을 넘어서는 금빛살에
화들짝 깨어나
속살까지 붉어지는 능소화

몽환에 취한 듯
벌 나비 붐비다 떠난 자리에
얼비친 달빛 두르고 긴 밤 지새운다

새벽녘 이슬 깬 숲 언저리
풀꽃들 분주한 눈맞춤으로
춤사위도 고운 날

길어진 기다림에 울컥
속울음이 마음 돌듯 맺히더니
그리움 같은 꽃잎이 진다

하르르
하르르 눈물로 진다.

도라지꽃 / 김강좌

종각 옆 모퉁이 도라지밭
여름 한낮 땡볕도 아랑곳
촘촘하게 일궈 놓고
하마하마 기다림이 얼마인가

금빛살 눈부시고
바람이 바람으로 휘돌아 오는 날
꽃망울 탱탱하게 영글었다

밤새 달빛 두르고
눈물겨운 산고를 치르더니
벙글어진 꽃잎마다 빼어남이 장관이라

그냥 바라만 봐도
가슴 벅찬 환희심에
눈시울이 마음 돌 듯 괴어오는데

낯선 비바람에 꽃잎 다 내어주고
눈물겹도록 소탈한 매무새로
해탈하듯 선정에 들었으니

텅 빈 적막을 만끽하며
에돌아 오는 계절을 기다리는 그도
용문사의 권속이었다.

용문사 : 여수시 화양면 비봉산에 자리한 천년 고찰, 신라시대에 창건 됨

기다림 / 김강좌

겨우내 추운 나무는
성장을 멈추고
삼매에 든 듯 고요하더니

쪽빛으로 만개한
서리꽃이 무색하게
들숨 날숨의 조화를 이루며
시린 계절을 밀어내고 있었다

스스로 흔들어
촉수를 세우고
속살 푸른 가지마다
물오름이 탱탱하였으니

기우듬이 들어선
햇살 한 줌으로도
꽃눈 틔움이 하루가 다르다

봄이 시작되었다

꽃 / 김강좌

사계절 걸림 없는
바람의 원력인가

풀숲을 살찌우는
햇살의 수행인가

얼마나 긴 날 공들여
제 몸 살라 고울까.

담쟁이 사랑 / 김강좌

새벽이 붉어지면
또 하루를 살아내는 외로움에
빛바랜 흔적을 찾는 듯
아래로 아래로 눈길을 낮춘다

호기스럽던 빛무리 기울고
11월의 어둠이 내리면
앙상하게 퇴색된 숨결로
기억의 모퉁이를 떠나는 갈잎

울컥 서러워도 뉘 있어 감싸줄까
햇살 한 줌 껴안은 채
앙상한 매무새 여미는 담쟁이

인연의 끈을 놓지 않는 건
새봄 푸르게 다가올
계절을 기다림이다

시인 김종덕 편

››› **시작 노트**

뭔가 있을 것 같아
강 언저리에 발을 들여놓았습니다.

강바닥이 잡고 놓아주지 않아
털썩 주저앉았습니다

더 이상의 발버둥도
빠져나가야겠다는 생각도
넘어가는 해에
눈 맞추고 있었습니다

빠져나가야 한다는 생각이 없어지는 것은
거기에 같이 녹아내린다는 것입니다

그 강이 놓아 주지 않아
더 깊은 곳으로
마음이 빠져들어 가는 것은
아마도
깊은 시상으로 더 빠져들고 싶어서 일 것입니다
글의 무게로 더 무거워져
일어날 수 없기 때문일 것입니다.

서러운 하늘 / 김종덕

하늘이 비어 있을 때는 서러운 생각이 듭니다
달이 없고, 별들이 사라졌을 때는
더욱더 서럽습니다

눈에 이슬이 맺히고,
더욱이 이루지 못한 일들이 주마등처럼 지나갈 때
스스로의 무능함에 설움이 북받칩니다
임 가신 날
치솟아 오르는 설움
가슴에 달을 안고, 머리엔 별을 이고
까만 하늘에 통곡으로 용서를 비옵나이다

세월이 가도 깨치지 못하는 아둔함이
빈 하늘 속으로 차올라
더욱 서러움으로 몸서리치고 있습니다.

움직인다는 것 / 김종덕

움직인다는 것은 사랑한다는 것
그 사람을 위해 움직인다는 것

그 사람을 위해 무언가 찾아 나서는 것
어디쯤 오고 있을까 서성이는 것

찬바람에 마음 앓을까 앉아 있지 못하는 것
갈대 울음소리가 날 찾는 소리로 들려
깜깜한 밤에도 신발 찾아 나서는 것

 무슨 목도리가 잘 어울릴까 그려보고 챙겨보는 것
눈이 오면 강가를 거닐며
눈 쌓인 버들가지를 포근한 마음으로 담아보는 것

새싹이 움틀 때 임도 올 거란 믿음으로 마중 가는 것
석양 굴뚝에 흰 연기 모락일 때
임이 와 기다릴까 전력으로 달려가 보는 것

소나기 한없이 얼굴 때리며 쏟아질 때
임 마음도 홍수같이 흘러내릴까 뜨거운 눈물로 받아 내는 것
폭풍에 지친 파도 갯바위 위에 터져 오를 때
가슴에 엉킨 응어리 움켜잡고 통곡하는 것

고운 단풍이 임 마음 예쁘게 물들여 올 때
갈바람에 전해올 소식 받으러 나가는 것
구절초 향기 깊숙하게 심장에 흐르면
뜨거운 피 식을까 달려보는 것

사랑은 임을 향해 움직이는 것
사랑은 임을 따라 움직이는 것.

달그림자 / 김종덕

눈꽃 쌓인 길을 발자욱 세며 걸어 봅니다
발자욱 위로 말 없는 달그림자 따라옵니다

이 뽀얀 길을 혼자 걷고자 나온 것은 아닙니다
멀리 계신 임과 오늘의 일을 얘기하고 싶어서입니다
혹시 임께서 알아들을 수 없을까 봐 달그림자에 말하려 합니다
달그림자엔 내 그림자도 들어있기 때문입니다

아마 임도 애처로이 창문에 새겨진 서리꽃 편질 보며
보고 싶었던 하루라고 말 할 것 같습니다

잔잔한 달그림자는 가만가만 눈웃음으로
살포시 일어서서 내 품에 안길 것만 같습니다
기다리는 내 사랑에 답해올 것 같습니다.

가을 사랑 / 김종덕

익어가는 단풍잎 위로
그대가 보이는 건 가을 사랑입니다

안개 낀 호수 위로 물 제비가 동심원을 그리는 것은
그대가 동그랗게 물결 타고 다가오기를 바라는 것입니다

삼삼한 가을비 눈썹에 맺힌 눈물
그리움에 가득 찬 가을 사랑입니다

보일 듯 보일 듯 보이지 않는 것은
마음이 닿지 않는 것보다는 설움에 겹친 가을 사랑입니다

지친 눈동자 저 까치 뒤로 보이는 까치밥은
기다림으로 익어 홍시가 되어가는 빨간 가을 사랑입니다

보고 싶을 때 볼 수 없는 것은
사랑하지 않는 것이 아니라
더욱더 깊어질 가을 사랑을 준비하는 것입니다.

안부 / 김종덕

깜깜한 허공을 헤집는 네온사인 뒤로
별들도 피곤한지 가녀스럼히 졸고 있습니다

시달린 하루의 보람으로
그대도 하늘을 다듬으며
감사 기도를 올리고 있겠지요

옛날처럼 떠나가는 시간을 부여잡고
하릴없는 통곡은 하지 않으려 합니다

어떻게 생각하면 기다리는 시간으로 하루는
지겹기보다는 충분히 긴 시간입니다

이렇게 잘 지내시라는, 건강하시라는
안부를 전하는 것만으로도
충분히 삶의 이유가 될 것입니다

더구나 찬바람 부는 이 밤에
언 마음을 녹일 수 있는
따스한 봄바람과 같을 것입니다.

시인 김창환 편

›› **시작 노트**

추억을 먹고 사는 나이가 되었는가
봄 향기가 뜨거운 열기가
오색낙엽이 고드름 날카로움이
묻어오는 바람 소리에 꿈틀거린 가슴은
찌르는 듯한 아픔을 얽힌 잔상으로
붉어진 눈망울에 뜨거운 눈물을
금세 추억의 향기로 풍선처럼
구름처럼 부풀어 하늘을 가득 메우곤 한다
밀려오는 추억이 승화되며 뿜는
진한 사랑 향을 다 읽기란 불가능하다
그렇지만 그 가슴을 열어
하나둘 그려보며 대화할 수 있는 지금에 감사하며
이따금씩 필을 들어본다

나이가 들긴 들었나 보다 / 김창환

어제 내린 함박눈만이
세상의 소음을 삼켰다
대지 위에 가만히 내려놓았다
온 누리가 조용하다

어제를 그리고
유년을 그리고
그리움을 그려
구김 없던 동심의 그 날을 깨워
우정과 사랑을 되새기며
가슴에 채워진 뜨거움으로 겨울을 이긴다

운동장을 뛰놀고
동네를 훑었던 친구들
그 모습 그대로가
그립다 보고 싶다

찬 기온을 묻어버린
하얀 눈 위로 포근한 기운이 감돌고
이번 명절 설은
훈훈한 봄기운에 실려 온다
고풍에는 멀어진 설이지만
그리움은 짙고 생각은 많아진다

움켜쥔 손이 풀어지고
뒤돌아보는 시간이 많아지고
추억하는 시간이 늘어간다
나이가 들긴 들었나 보다

눈을 감으면 봄이 / 김창환

눈을 감아요
바람 소리 들리나요
그대 실려있는 감미로운 소리가

목련 귀를 열고
매화 귀를 열고
내 귀를 두드리는 바람 소리

 따스한 입김을 불어
가슴을 데워주고 가는 바람
맑은 개울 물소리 놓고 가네요

맑아지는 가슴에 피어나는 뭉클함
포근한 기운에 가슴을 맡기면
눈이 감겨요

차오르는 가슴
해맑은 꿈 봉오리 봄이 맺혀요
눈을 감으면

잊고 싶다는 것은 / 김창환

추억을 먹고 산다. 뇌이면서
스스로를 위로한다
스스로 가슴을 어루만진다
가버린 젊음
엷어진 사랑의 힘
사랑을 아파하지 말자

사랑하는 이를 지우지도 말자
잊고 싶다 잊어지나
더욱 뚜렷해지는데
사랑했던 그날그날들이

어제 세상을 등진 사람이
그렇게 그리워하는 오늘
그리워만 하며
오늘도 흘려보내야 하나

뜨거움으로 채워야 한다
다시 눈을 감는다
가슴에 아림을 밀어내고
뜨거운 젊음을 만들어야 한다
잊고 싶다는 것은
자학이니까

첫눈의 약속 / 김창환

첫눈이 내리는 날 만나자 했었지
왜 첫눈이냐고 말한 너의 입술에 함박눈 하나
나는 지긋이 미소 지었다

 왜 웃느냐고 말한 너의 환한 얼굴 붉은 볼에
함박눈 하나
나는 또 지긋이 미소 지었다

왜 웃느냐며 나의 가슴을 두드리며 애교를 부렸지
너의 입술에
너의 볼에
함박눈은 녹아 촉촉해 있었다
나는 또 미소를 내놓을 수밖에 없었다

두드리는 너의 손길에
가슴이 쿵쾅쿵쾅 뛰었고
너의 볼에 입 맞추며 속삭였었지

너의 볼과 입술에 떨어진
서로 다른 함박눈이 녹아 하나 되는 것처럼
우리 사랑으로 하나 되어 행복하자 했었지

추억의 늪에는 / 김창환

내가 걷는 그곳에
차가운 바람이 스치고 있어
어제도
오늘도
겨울이 깊어가고 있어서라
옷깃을 여미는 저만치
낯익은 모습에
내 발길은 한 걸음 더

흐르는 멜로디
감미로움 짙어지고
더욱 뚜렷해진 모습
다정히 감싸 안은 따스함
어제가
그제가
온풍으로 나를 데우고 있어
내가 향한 그곳에

시인 **김현철** 편

⟩⟩⟩ **시작 노트**

이제는
은은한 국화꽃
향기 같은 시인이 되겠습니다

받은 사랑 잘 키워서
풍성한 사랑
나눠 드리겠습니다

내 나이 겨울에
사랑으로 채우겠습니다.

가을밤 / 김현철

하얀 밤을
까맣게 태워도 창틈으로 살며시
들어오는 그리움에 창밖을 바라봅니다.
밤하늘에
셀 수 없이 많은 반딧불 사이로
엄마 잃은 기러기 한 마리

끼룩끼룩
엄마 부르는데 달님이 안쓰러워
검은 수평선 넘어까지 바래다줍니다.

11월 낙엽 / 김현철

우두봉 아가씨
노랑 저고리에
빨간 치마 입고
연지 곤지 바른 채
가을바람 따라
선보러 가는 날

탐진강 나룻배 타고
강진만 갈대밭 사이로
흘러가는데
잘 다녀오라고
갈대꽃들이 손 흔든다

강진만 끝자락
가우도 출렁다리 아래
저 멀리 하얀 수평선 넘어
마음 착한 총각 만나러
옷고름 입에 물고
선보러 간다.

우두봉, 탐진강 : 전남 고흥에 있는 산과 강 이름

사랑 / 김현철

이 밤 지나고 눈이 내리면
먼 길 휘돌아
그대 곁으로 가려는데

첫눈이 내립니다
삶에 지친 나그네
어깨 위로 내리는
눈꽃 송이들 소담스럽습니다

사노라니 가슴의
상처를 치유하기에는
세월이 너무 빠르게
흘러갑니다

아직 사랑이 식지 않은
그대 창가에서
빛바랜 날의 추억으로
마음 추슬러도

첫눈 내리는 이 새벽
그대 있는 하늘이
너무 그립습니다

내 고향 여수 / 김현철

하늘과 맞닿은
남해의 숨구멍,
수평선 끝까지
눈부신 햇살 퍼져
나가는
여수
내 고향 여수

신비롭고 아름답던
어릴 적 꿈과 추억이
다가와 찰랑찰랑
속삭이는 곳,
그리움이 속삭이는 곳,

손 내밀면
기다렸다는 듯이
반겨 주는 날들이여,
나의 어제들이여,
그리워라, 나는
이토록 멀리 와버렸으니,

오늘도
도시의 거리에 서서 갯내음 싣고 달려온
고향 바람과
장난질한다,

바람결에 비단 폭 가득
어린 날의 추억을
그려 날린다,

끝내 그리움 이기지
못하고
추억의 비단 폭에
올라
내 고향 여수로 날아간다

고향 생각 / 김현철

몇 굽이굽이 산을 돌아
꿈에도 잊을 수 없는
파도치는 그 해안
네 앞에 서성이는 꿈들

돌아올 것을 약속했던
그 바닷가
그곳은 지금도 겨울 햇살에
은빛 모래 반짝이겠지

달 뜨는 밤이면
작은 모래알들이
소곤대는 해변에
그대 허기진 그리움이
눈물 되어 흐른다 했던가

친구여 아직은
눈물이 나지 않아도 되리
이 아침도 고향의 바다는
그대와 함께
내 가슴에 남아 있으므로.

시인 김형근 편

››› 시작 노트

아름다운 시를 쓴다는 것은
아름다운 사람이 되어야 함을 느낍니다.
아직은 미완성한 인간이기에
늘 시를 쓰면서 완성된 인간이 되기를
소망해 봅니다.

대한문인협회 광주전남지회에서
이번에 동인지 시집을 만들고자 하는 마음에
두 손 모아 힘찬 박수를 보내면서
모두가 한마음 되어
훌륭한 한편의 시집이 나오길 기도해 봅니다.
시를 쓰면 쓸수록
내 자신이 부족함을 느낍니다.

오늘보다 내일이 내일보다 모래는
더욱 성숙한 모습이 되고자 노력해보면서
아름다운 인생을 만들어 보겠습니다

관방제림 / 김형근

목이 터져라 외쳐되는 매미들의 합창 소리는
무더운 폭염 속에서도
한결같이 뜨겁게 울어댄다.

더위가 더할수록
나무 그늘에 있으면 시원한 맛이 더하니
한여름엔 자연이 만들어주는 그늘이 너무 좋다

일과를 마무리하면서
관방제림을 찾았다
300년 묵은 나무숲이
많은 사람들의 삶의 안식처가 되어
아름다운 숲이 되었다

관방제림은 1991년 11월27일에
천연기념물 제366호로 지정되었고
2004년 산림청이 주최한 제5회 아름다운 숲
전국대회에서 대상을 받은 바 있다

우리도 이 숲처럼 타인을 위하여 사는 모습으로
새로워지길 바라는 마음이
관방제림에 있는 나무를 통하여 새삼 느끼어진다

도전하는 곳에 길이 있다 / 김형근

삶의 로정에서 도전하는 정신으로
멋진 인생을 만들면
끝없는 승리를 맛보게 되리라

인생은 누구나 도전하는 길에 서 있노라
자신이 가지고 있는 역량을
부단히 노력하는 만큼 찾으면
승리의 영광을 맛보게 되리라

도전정신이야말로
새로운 꿈을 이루게 되며
승리의 면류관을 찾게 되리라

도전하는 것이 힘들지라도
도전 속에서 성공이 있으니
끊임없이 도전하여
어렵고 힘든 과정이 있다 하여도
기필코 승리하여
영광의 면류관을 성취하여라

희망의 날개 / 김형근

평화가 그립습니다.
일렁이는 가슴마다
저 푸른 창공 위에서
파란 꿈을 꾸며 평화를 그려봅니다.

자유가 그립습니다.
죽음보다도 강력한 힘이
진정한 자유임을 알게 되었을 때
자유는 참으로 위대합니다.

통일이 그립습니다.
분단의 서러운 아픔
지척에 있으면서도 만나지 못한 사연들이
가슴을 아프게 합니다.

행복이 그립습니다.
늘 행복에 씨앗을 심어
희망의 날개를 달아
하늘 높이 높이 띄워 보내겠습니다.

단비 / 김형근

비가 온다.
비가 와
가뭄을 딛고 쏟아지는 단비가
생명을 살리는 힘이 되어 진다.

그렇게도 기다렸던 비였기에 한층 기쁨이 넘쳐흐른다.

요즘은 곳곳에 댐과 저수지가 잘 만들어져 있기에
마음만 먹으면 모를 심을 수 있지만
옛날이라면 가뭄이 들면 하늘만 쳐다보면서
마음이 아파 발만 동동 구른다.

비가 온다.
비가 와
장마전선이 함께 몰려온 단비는
새 생명을 살리게 하는 비이기에 더욱 감사드린다.

우린 단비처럼 모든 이에게
귀한 새 생명이 되어주길 언제나 소망한다.

메마른 영혼 위해~

피스로드의 꿈 / 김형근

후쿠오카 탐방길 한일 해저터널 굴착 현장 방문
평화를 사랑하는 세계인으로
살으셨던 모습이 눈에 선하다

따뜻한 봄기운이 완연하여
여행하기로는 안성맞춤이었다

조용한 나라 일본
조국의 사랑과 세계를 사랑하는 마음을 배웠다

가는 곳곳
사람들이 인산인해였지만
진정한 평화를 위해 사는 사람은 그렇게 많지 않았는데
이국땅에서도 이루어 낸 피스로드의 꿈이
세계평화의 꿈을 일구고 있었다

나가사키의 평화공원
눈물 없이는 볼 수 없는 현장
원자폭탄으로 생죽음을 당해야 했던 수많은 사람들
원폭 피해로 한평생 불구로 살아야 하는 생명
아 평화를 일구고 싶다
평화를 사랑하는 세계인으로

어머니의 사랑 / 김형근

주고 또 주어도
한없이 베풀고 잊으신 어머니

출가한 자식들이
오래간만에 고향 방문하면
더없이 반기시며
있는 것 다 내주시는 어머니

늘 사랑하는 마음으로
늘 좋아하는 마음으로
늘 보고 싶은 마음으로
늘 사랑해주시는 어머니

자식 8남매 기르시며
온갖 고생 다하시며
사신 어머니를 사랑합니다.

어머니는 나에게 큰 산이요
큰 바다였습니다.

어머니 만수무강하시옵고
오래오래 행복하게
사시옵소서

늘 어머님의 건강을 언제나 기원합니다.

어머니 사랑합니다.

시인 박근철 편

››› 시작 노트

아주 가끔은 두 눈을 찔끔 감고
천정에 나무들이 조그마한 바람에
미소 짓는 모습을 보고
꽃들의 노래를 듣는다

어디선가 날아온 나비들도
꽃을 따며 즐겁게 인사를 나누고
향기가 흘러 가슴속으로 들어오면
짧아진 호흡이 길게 시원하게
속이 확 트인다.

누워서 보니 세상은 참 이상하다
상상하게 만들고 추억하게 만든다
눈 아래 있던 이파리도
하늘에 떠 있고
몸뚱어리에 난 상처도 여지없이 보이니
항상 같은 눈으로 보았던 세상이
더 많은 것을 보게 만든다.

당신 없는 밤 / 박근철

인기척 없는 집안에
덩그러니 던져진 밤
손을 내밀어 찾아봐도
잡히지 않는 그대

윽박지르듯 달래 봐도
그 쓸쓸함은 가슴으로
너울너울 밀려와
파도처럼 철썩거린다

집안 온도는 여름인데
당신 없는 밤이 이렇듯
춥게 느껴질 줄이야

사랑에 마음 온도가
그동안 감싸고 있다는 것을
감사하지 못한 무심한 마음이
이 밤 깊은 감사를 드립니다.

공평한 기준 / 박근철

세상 것은
이 땅에 살 때만 필요한 것
서로 나누고 살아야 하는데
많이 붙들고 살면 행복할 것 같아도
행복은 그렇지가 않지요

마음에도 영양분이 필요한데
그것은 물질이나 권세나
화려한 것으로는 도저히
행복한 영양분을 만들 수가 없지요

그래서 많이 가지고 살수록
진정한 행복은 가지지 못하니
늘 행복의 주위만 빙빙 돌면서
행복의 기준안으로는 못 들어가고
행복은 만날 수도 없지요

세상은 그래서 공평하다고
말하나 봅니다
행복을 얻으려면 마음이 가난해지고
욕심을 얻으면 세상 것이 많아지니 말입니다

결국은 두고 가는 것을
업고 가려 하고 안고 가려 하니
얼마나 힘들겠습니까
무엇하나 손에 걸치고 가는 것 없어
그냥 휑하게 지나가는 것을

바람이 화려하게 걸치고 가는 것을
나는 아직 한 번도 본 적이 없고
구름이 찢어지지 않은 것을 본 적이 없고
파도가 깨지지 않은 것을 한 번도
본적이 없었지요

이름 남기는 것
이것도 얼마나 가겠는지요
살아있을 때 조금 꿈틀거렸다고
그것이 갈 때 옷이라도 되겠는지요

민낯이 훤히 드러나는
썩은 욕심 하나 치켜들고 가면
하늘은 뭐라 하겠고
산천은 뭐라 하겠는지요
까마귀 노래 몇 자에 문이 열리니 말입니다.

흔적 / 박근철

누군가를 사랑하여
그로 인한 흔적을 가진다면
아픔이 아니라

그리워하는 사람의
마음을 담았다면
아름다운 사랑이라

사랑할 때 그를 알아가려고
얼마만큼 노력하고
숱한 밤을 그렸던가

그의 흔적이 내게 있다는 것은
지난 세월의 보상처럼
감사일 것이라

지금은 그의 흔적을 따라
영원토록 걸어갈 수 있는 것이
내게는 십자가의 흔적이라.

내가 먼저 / 박근철

내가 다가서면
저 산도 다가오고

내가 멀리 가면
저 산도 내게 멀어졌다

가까이하면
가까워지는 것이
어디 산뿐이겠는가

마음속 대화 / 박근철

새벽에 무엇이 값진 것이냐 묻기에
지혜를 굴리다
진실이라고 답하고 나니
더 복잡하게 다가온 생각

아직도
많은 질문이 헤매고 다니니
내가 처한 상황은
머리는 높고 가슴은 낮아
이행률이 적고 적구나

무엇이
값지냐는 질문에
질서 정연하지 못하고
나이에 따라 순서가 바뀌니
육신의 몸이 무겁다.

시인 **박기만** 편

››› **시작 노트**

메마른 땅에 촉촉한 단비처럼
나의 노래가 건조한 사람들에게
따뜻한 마음으로 전할 수 있으면 합니다.
한 방울, 두 방울의 비가
물줄기를 만들고, 강물을 이루어,
바다를 이루듯이
한 줄 한 줄 이어지는 소박한 마음이
누군가에게 위안이 되는 시가 되어
외롭거나 슬플 때
찾아와 같이 부르기를 소원합니다
사랑합니다

2월을 보내며 / 박기만

봄이야
기다리지 않아도
때가 되면 찾아오지만
지나간 내 나이는
돌아올 줄 모르고

오늘도 매화 가지는
힘차게 봄을 밀어 올리는데
헌칠했던 이마에는
세월 계곡만 늘어섰다네

앞산 구름은
바람 따라 떠돌고
햇살 아래 조는 새는
시간 가는 줄 모르는데

2월 작은달 탓하는
게으른 녀석
해 놓은 일 없다며
한숨부터 쉰다네

꿈인들 어쩌리 / 박기만

그녀가 나를 싫어하는 것은 아니다
물론 나도 그녀를 싫어하지 않는다

가까이 왔으면 좋겠다 생각했지만
다가가지는 않았다

그녀가 내 몸에 조금 기대어 온다
가만히 있을 수 없어
나도 그녀의 허리만 안았다

안고 보니 신경 쓰인다
그냥 놓기는 그렇고, 더 당길 수도 없다

얼떨결에 안았지만
그녀가 무슨 생각으로 기대는 것인지
나는 모른다

소리 죽이며 긴 숨을 내쉬었다
그녀의 숨고동 소리가
내 가슴 머리까지 울려 온다

아예 양팔로 더 꽉 껴안을까
그러다 뿌리치면 어쩌지
입술이 허공에서 춤을 춘다.

더 예쁜 꽃은 없듯이 / 박기만

아름답지 않은 꽃이 있을까
장미가 예쁘다고, 백합이 더 예쁘다고
그 누가 단언하리

옷이 날개라 말하지만
꽃의 아름다움이
꽃을 담은 화병에 달렸을까?

시인의 노래가
수상 했느냐, 안 했느냐
그것이 우리네들 심금을 울릴까

작은 시 한 편일지라도 마음에서 나온다면
더 예쁜 꽃은 없듯이
사람들 가슴에 영원히 남아 노래 불리겠지

내가 할 수 있는 일은 / 박기만

덥다, 더워
올여름 걱정이다

어저께 해남에선
집중 폭우로
어디가 논인지 강인지
구분 못 하게 되었다는데

오늘은 불볕 폭염으로
사람을 태운다
이제 6월 말인데
한여름을 어떻게 날까 봐
걱정이다

오로지 내가 할 수 있는 일은
기도밖에 없구나

과일도 설익으면
먹을 게 없다고
일찍 찾아온 더위
별일 없이 지나가기를
기도만 할 뿐이다

우정이여 영원하여라 / 박기만

오, 반가운 내 친구들!
우리가 얼마 만인가
입학한 지 어언 45년이구려

10년이면 강산도 변한다는데
그동안 4번도 더 변했으니
우리 서로 알아볼 수나 있으려나

지나온 세월은 이렇듯 유수한데
주마등처럼 떠오르는 수많은 추억은
바로 어제 일들 같구려

앞만 보고 달려온 길이기에
희끗희끗한 머리칼과 이마의 잔주름은
인생의 값진 훈장이요 월계관일세

거친 파도도 잠재우던 성품
손주 손을 잡은 모습에도
처음 만났을 때 그 모습 그대로구려

우리가 이제는 무엇을 더 바라리오
많을 걸 얻었다 해도
빈손으로 돌아갈 것인데

그동안 못 나누던 우리의 우정
이렇게 한자리에 모였으니
인생 보따리 풀어서 웃음꽃 피워보세

소식 없던 친구의 손을 잡고
우리가 이렇게 살아야 썼냐고
누군들 이렇게 살고 싶었겠냐고

술잔을 높이 들고 건배사를 불러보세
돌아보니 45년도 잠깐인데
우리 건강하게 백 세까지도 만나세나

자! 모두 술잔을 들어요

건지산의 정기를 이어받은 우정
오늘같이 영원무궁하리라

건배!!!

시인 박정기 편

>>> **시작 노트**

情과 恨이 공존하며
심성은 여리며 강한 척
살아온 우리

아름다운 강산에
바람이 데려다주고
구름이 보듬어준
봄이 오면

새싹 피어난 춘삼월
봄꽃 너부러진 산천
보릿고개 힘겹기만 하던
어린 날

종다리 우는 아련한 소리에
허기진 뱃속 같이 울던
기억 저편에

다정한 사람
그리운 사람.
반가운 사람

고통과 시련을
같이 나누던 우리네 삶 속에서
안정과 행복을 찾듯

이제 글 꽃 피우며
좋은 인연 찾아
좋은 추억 찾아
헤매려 한다.

푸념 / 박정기

작은 뜨락
얼어붙은 꽃밭
햇살 드리우면
참새 무리 모여들어
조잘조잘 이야기꽃 피운다

허황된 탐욕은
가지마다 매달린
눈부신 하얀 겨울
작고 소소한 저 아름다움을
가슴에 담지 못했다

어젯밤
화선지 고운 볼에
바람이 그리고 간
한 폭 동양화 서툰 터치

소복이 쌓인 눈밭
선홍빛 동백꽃잎
떨어진 자리
참새 무리 꽃잎 쪼아대고
허기진 배 채우다

석양에 기대여
집 찾아 돌아설 때까지
삶에 지친 영혼
하얀 겨울

그 아름다운 풍경은
내 안에 없었다.

기다림 / 박정기

호수는 뜨거운 가을을
삼키고 목축인다

바람 끝 위태로운 잎 새
동박새 날갯짓에
힘없이 떨어지고

능선에 걸친 구름
석양빛에 물이 들어
마지막 가을 지는구나

휘 부는 바람
억새꽃 하얀 털
감고 떠난 자리

눈 덮인 언덕
들꽃 여린 꽃대
긴 겨울잠 청하고

파릇한 봄은
또 언제나 오려나.

갈밭 / 박정기

밤새 갈대 울어 철새 밤잠 설치고
하얀 갈꽃 바람에 날려
파도 위 내려앉고 흘러 길 떠난다.
갈대밭 사이 바람 스며들면
길 떠난 나그네 옷깃 여미고
청아한 밤하늘 기러기 떼 울고 간다.

따뜻한 동행 / 박정기

성난 바람
신작로 휘몰아
흙먼지 토하고

삭힌 잔바람
꼬리 저만큼 감춘 듯
뒤돌아 또 흩뿌린 날

뚜벅뚜벅
내 아버지 뒤를 따랐지

걷다가 걷다가
겨울 박힌 아린 얼굴

투박한 손
얼굴 비벼줄 때

차가운 듯
따뜻한 온기
온몸 펴져 들어

입가 미소 번지던
아련함

강가
서리꽃 내린
하얀 겨울이면

가슴에 묻어둔
애틋한 사랑 피어나

그 길 나란히 걷고 싶다
마음은 울고 있네.

나그네 길을 묻다 / 박정기

뜨거운 혈
넘치는 청춘 지고

계단 높이만큼
가뿐 숨소리
버거운 듯 휘청인다

지고 일던 세월
그리움에 아쉽고

놓아버린 기억
마음속 눈금 하나
설레는 청춘인데

거울은 웃고 있네

은하수 건너
빛바랜 별도

만월 등에 업고
흐르던 뜬구름도
힘겨워 흩어진대

고된 중년의 넋
무탈 어깨에 메고
여기까지 왔으니

앞으로 가야 할 길
부족한 듯
보태지도 덜지도 말고
가벼이 가라 한다.

시인 박희홍 편

››› 시작 노트

'막힘없이 술술 목을 넘어가는 것이 술이라면 늘 하는 말과 생각을 글로 쓰면 그게
시가 되는 것이지 시가 별것이냐'던 짓궂은 친구의 말을 떠올려 본다.

이 말은
'벌거벗는 나목을 보고 느낀 것에 주관을 개입하지 않고 거기에 숨겨진 뭔가를 찾아내는
눈을 가져야 한다.'라는 뜻일 거로 생각한다.

쓰면 쓸수록 어려운 글쓰기 애초에 소질 없음을 깨닫지 못한 미련함에

곱고 고운 시어들에 앉을 자리를 마련해 주지 못해 방황하게 하는
제가 시인이라니 부끄럽기 그지없는 시러베아들이다.

아침 이슬의 윤회 / 박희홍

이파리 사이로
주렁주렁 매달린 글썽이는 눈물
햇살이 쏘는 화살에 명중하여
어쩔 수 없이 깨지고 흐트러져
형체 없이 사라졌지만

어느 틈에
하늘에 올라 물안개 되어
빛의 보석을 만들어 낼
날을 손꼽아 셈하며
하늘의 은택을 입고자 하네

다시 볼 수 있다면
금방 사라져버리는
신기루 같은 반짝임을
어느 때고 볼 수 있게
유리 상자에 넣어두고
자물통을 단단히 채워 두어야겠다.

때를 벗다 / 박희홍

까닭 없는 비난을 무릅쓰고
누명을 벗으려 떠돌다
기회를 놓치지 않으려

밤낮없이 고군분투하며
허물을 벗는 심정으로
세월 가길 기다렸더니

시골티가 말끔히 씻겨나가
세상 때가 벗겨지고
몰라보게 의젓해져

뜻을 이룰 딱 좋은 때가 올 줄이야.

무엇 때문에 / 박희홍

구름은 천연덕스레 변덕을 부리고
숲은 속삭이듯 잔잔하게 노래하고
물은 바람에 출렁이며 소곤대는데

사람은
가슴속에
무엇을 숨겼는지 알 수 없으니

온통 찾고 숨고
쫓고 쫓기는
다람쥐 쳇바퀴 돌 듯
오락가락 돌고 돌며
세월의 빈틈을 이용해 사는 것이
사람인가 보다.

보름달 깊을 녘 / 박희홍

사뿐한 걸음걸이에
배시시
하얀 웃음으로 찾아온
팔월의 만월

세상의 모든 화선지에
온통 누렇게 수를 놓아
너도나도 더도 덜도 말게
복쟁이 배가 되게 한다

놀란 가슴 검댕이 되어
뛰어보세 뛰어나 봐
강강술래 추임새에
가슴 박박 쓸어내며

망월을 향해
고개 숙인 아낙네
무얼 소원했을꼬
달아 너는 알고 있으렷다.

눈 나빌레라 / 박희홍

거침없이 나르고 싶어
걸어 둔 빗장을 풀고
환한 세상을 향해
발기발기 흰 나래를 치며
죄의 업에서 벗어나려

한 줌 햇살에
흔적 없이 사라질 게 뻔해도
허겁지겁 내려와
간절한 원을 담아
장독대 정화수 앞에

살포시 나래 접고
중얼중얼 이령수하지만
신바람 난 눈바람 소리에
도통 알아들을 수 없다.

더불어 삶 / 박희홍

소리 없이
도둑눈 내렸던 날 밤

허기져 초췌한 생쥐
밥 도둑질 나왔다
돌아가는 길 잃을까 봐
흔적 남겼다
눈치가 십 단인
배곯은 고양이에게 들켜버렸다.

앙칼진 고양이를 피해
빠져나갈 궁리에 골몰하며
불안에 떨다 닭살 돋은 생쥐
찰나에 보이질 않는다.

무슨 죄가 있나
신의 배려로
멋지게 살아보려 나왔을 터인데
굶주리지 않게 조금 나눌 것을
옹졸했던 마음에 기분 씁쓸하다.

시인 **배인안** 편

››› **시작 노트**

시란
시각적인 느낌을 잘 정리 할 때
자연스러운 시상이 구성되리라 생각한다
자연 속에서 시간을 할애하고
마음으로 많은 교감을 주고받으며
내면 깊은 곳의 울림을 찾아
유하게 흐르는 시를 쓰고 싶다

가을비 / 배인안

추억처럼 내리는 가을비에
마음도 따라 젖네

농익은 초록 잎 수줍은 듯
발그레 물든 꽃단풍이
사분사분 내리는 빗물 타고
홀홀이 떨궈지다

거미줄에 걸린 채
마지막 잎새처럼 매달려
떨궈지지 않으려는
안간힘 애잔타

한바탕 휘도는 바람에
저 잎새마저 떨어지면
가을은 저만치 멀어지겠지

밤은 무심히 깊어만 가고
가을비는 추적추적 하염없어라

간이역 / 배인안

비 개인 새벽녘
묵묵히 서 있는 가로등

만남과 이별의 정을 나누며
사람들로 북적이던 간이역에
언제부터인가
발길이 뜸해지고 인적이 끊어지니
열차가 스쳐 지나가는
기억의 한 모퉁이에서
안개 젖은 가로등만 쓸쓸히
그림자 드리우고 묵묵히 서 있다

휘돌아 드는 바람에
낡은 이정표 삐걱거리고
세월강을 건너 흔적마저 지워지면
추억 속에 묻혀 사라질까.
안타까운 뭇사람의 마음을 아는지
오늘도 태양은
하늘 구름에 가려져 있고

아스라이 두 가닥 철길 사이로
아침 안개만 슬프게 어룽거린다

낙엽 / 배인안

바람 찬 거리를 뒹굴던
한 무더기 낙엽이
모퉁이 구석진 길에서
겨울 햇살 한 줌에 기대어
봄을 기다린다

한여름 땡볕에
호기롭던 품새도 무색하게
시들어 초라한 낙엽이 되고
퇴색된 진실은
아픈 상처가 될지언정

그래도
놓을 수 없는 한 가닥 꿈을 꾸는 건
소멸이 아름다운 밑거름 되어
끝없는 인연으로 이어지고
새로운 생명이 된다는 것을
알기 때문일 게다

봄소식 / 배인안

봄의 포근한 햇살에
음지쪽 산도 푸르게 싹 틔워 살찌우고
얼어붙었던 마음도
새로운 삶의 생기에
조금씩 녹아드니
바위틈 이끼들도 고개 밀고 반긴다

모여든 골짜기 흐르는 물소리가
아름다운 메아리로 봄을 부르니
산새들 날아들어
보금자리 함께 하네

그리움 / 배인안

그대 향한 그리움이 지쳐
빛바랜 미움이 될 줄 몰랐습니다

부서진 달빛 아래
나지막이 들려 오는
풀벌레 감미로운 음률에
울컥했던 마음 안개처럼 사라지고

환하게 웃어주던 너의 모습이
말간 그리움 되어
작은 가슴을 흔들어 놓습니다

비 오는 하루 / 배인안

새벽 안개처럼 내리는
빗속을 걸으니
아스라한 추억들이
풍경처럼 다가와
빗방울 음률 타고
그리움으로 내린다

마음은 우산속에 가려 있지만
내 숨결은 우산 밖을 걷고 있으니

오늘처럼 비가 오는 날엔
어느 작은 호숫가에
휘늘어진 버드나무 가지처럼
일렁이는 물결 위로
나뭇잎 배 띄우고
바람처럼 유영하고 싶다.

시인 소재관 편

>>> **시작 노트**

무엇이 시인가?
시는 간결하고 깨끗한 것
시는 바람 스치듯 지나가는 것
시는 불분명한 것일 수밖에 없는 것이
시의 아름다움이다

나는 새로운 시를 사랑하고
자연을 사랑하는 마음과
인연의 끈을 붙잡게 해 주는
아침 이슬처럼 신선하고
영롱한 시를

내 어찌 생활 속에서
빼놓을 수 있겠는가!

마시는 가을 / 소재관

들국화 피던 날
한 잔의 차를 마시며
이슬처럼 영롱한
찻잔을 바라본다

맑은 찻잔 속에
낙엽과 꽃이 떨어져
가을이 익어
붉게 물들어 간다

오늘은
차를 마시는 게 아니고
잔 속에 녹아든
가을을 마신다

사랑하는 님께
국향 전할 길 없어
흘러가는 구름에
실어 날려 보낸다

겨울 바다 / 소재관

산 아래
사랑과 꿈과 희망
그리고 그리움을 품고 있는
아름다운 바다가 있다

당신이 그리워질 땐
바다를 내려다본다

그리움의 씨앗을
밀려가는 파도에 실려 보내면
바다는 커다란 입으로
그리움의 씨앗을 삼켜 버린다

바다는 힘든 나에게
파도처럼 푸르고
힘차게 살라고
자신을 치면서 밀려 갔다 밀려온다

오늘도 하염없이
그리움의 씨앗을
파도에 실려 천사의 섬까지
보내 본다.

바위구절초 / 소재관

메마른 들녘에서
임자 없는 너를 안고
같이 한지가 다섯 해가 되었구나

천박한 땅에서도
여러 해 동안
거센 비바람과
혹한 속에서도 한자리를 지키며

봄이 되면 어김없이
눈을 떠 얼굴 보여주고
오월 단오가 되면
줄기가 다섯

구월 중양절에는
줄기가 아홉 마다가 되어
은은한 향기를 토해내는
가을 여인으로 변신

달 밝은 밤 산 구릉을
하얗게 물들려 놓고
한 줄기 바람을 타고
창문 틈으로 기어들어 날 유혹하네

봄비 / 소재관

온종일
투둑투둑
봄비가 내린다

산허리 바위틈에
앙상하게 말라버린
생강나무 날갯죽지에도
봄비가 대롱대롱 매달려

한겨울 북풍한설 이겨낸
서러움에 눈물로
봄을 토해내면

머지않아 노란 꽃망울이
향기를 품어 내며
실바람 타고
봄소식을 전해주겠지요

내 마음에도
봄소식을 전할
봄비를 흠뻑 맞고 싶다

동백꽃 차 / 소재관

아슬아슬 절벽에 뿌리내리고
힘겹게 살아온 너는
겨울이 시작될 때

몽글몽글한 꽃망울이
소담스레 달리더니
경칩이 되어서야
활짝 꽃을 피운다

자신의 진액인 꿀로
동박새를 키우고
혹독한 추위에도

붉은 열정을 사르는 너를
달궈진 가마솥에 가두어
덖고 식히기를
몇 번이었던가

은은한 봄밤
불꽃 같은 너를 찻잔에 우려놓고
달빛에 마주 앉으니

너에 그윽한 향기
내 가슴속에서 또다시
붉은 숨결로 살아 숨 쉰다

녹차 나무 밭에서 / 소재관

아침 이슬에 흠뻑 젖은 너는
백옥같이 희고 곱구나

한여름 작열한 태양 아래서
가뭄과 무더위를 이겨내고

녹색의 가지마다
망울망울 달린 너는
첫날밤 새색시 쪽 찐 머리 같구나

온종일 깊은 산중에서
너를 품고 너의 향기에
취하여 놀다 보니

대바구니에 옥구슬이 가득하구나.

시인 오수경 편

››› 시작 노트

진실 / 오수경

저는 진실이라는 단어를 참 좋아합니다.
내가 참되고 진실하지 못하면
아무리 상대방이 투명한 어항의 물고기처럼
모든 것을 진실하게 다 보여주고 행동해도
왜곡하고 진실을 덮어 버립니다.
인간관계를 맺고 살아갈 때 가장 중요한 것이
진실이라고 해도 과언이 아닙니다.
진실하지 못하면 결국
원하는 바를 추구할 수 없다고 생각합니다.

시인이기 전에 진실하고
사랑을 실천하는 사람이 아니라면
아무리 미사여구로 시를 잘 쓴다고
그것은 진정 시라고 할 수 없습니다.
그래서 저는 항상 자기를 성찰하면서
좋은 마음을 가질 때
아름다운 시가 탄생한다고 확신합니다.
선물 같은 하루하루를 다른 사람에게 상처 주지 않고 살면서

사랑을 나누고 한 편의 시로 모든 사람에게
위로와 용기를 주는 사람 되겠습니다.

완전한 사랑 (Perfect Love) / 오수경

이슬 머금고 피었다가
달빛에 사랑 속삭이더니
찬바람에 속살 다 드러내도록
온몸을 불살랐다

영원한 사랑을 꿈꾸었다가
세찬 비바람 모질게 견디더니
결국 운명이라는 현실 앞에
작별 인사를 할 수밖에 없었다

생명이 있는 모든 것들이
시차를 두고 하나둘씩
아름다운 소멸을 한다

너만큼은 사랑했고
사라지지 않는 별이 되어
영원히 너의 곁에 있을 거라고

우리 모두 완전한 사랑을 위하여

무념 / 오수경

세상 만물과 다르게
인간만이 누릴 수 있는 특권이
오히려 때론 무거운 짐이 되어

어느 순간
고통. 슬픔으로 다가와
절망의 나락에서 허우적거릴 때

내 자신을 무념의 세계로
인도할 능력만 있다면
미움. 분노. 증오. 원망이라는
나쁜 씨앗은 심지 않으리

살아 있되
초인적인 힘으로
그 모든 것을 객관화시키고
포용하고 관조할 수 있다면
인생이 이렇게 힘들지는 않을 텐데

힘들어도 오늘
하루 또 걷는다.

아버지의 빈자리 / 오수경

집안 구석구석 아버지의 손길이
물건 하나하나를 제자리에서 빛나게
항상 어루만지셨다

당신의 손길이 닿는 곳마다
어둠이 빛이 되고 슬픔이 기쁨이 되고
고통이 행복이 되고 인내와 사랑으로 세상 살아갈
버팀목이 되신 존경하는 아버지

너무나 인자하시고
좀처럼 화를 내시거나 혼내시는 법을 모르셨던 분
온화함과 미소로 모든 것에 포용과 관용을 베푸신 분
항상 어떤 그릇된 일이나 실수를 하더라도
스스로 깨닫고 나아지기를 기다리셨던 분

시간이 흐를수록 아버지의 빈자리가
이렇게 클 줄은 미처 몰랐네
얼마 전까지만 해도 아버지의 숨결이 느껴지고
아버지의 온기가 가득했는데

아버지의 신발도 좋아하셨던
측백나무. 장미. 매화나무
갈고 닦아 놓으신 수석과 분재들도
아버지를 기다리다 이제는 포기한 듯한 모습들이
내 마음 같아 이렇게도 가슴이 아프고 쓸쓸합니다.

당신은 그래도 웃고 계십니다
슬퍼하는 우리들을 달래시려고
마지막 가시는 길에서도 웃으시며
나 아무렇지 않은데 너희들 바쁘고
아이들 가르쳐야 하는데 왜 왔냐고 하시면서
한 사람 한 사람 이름을 다정하게 불러 주시고는

우리들 힘들까 봐 오래 계시지 않으셨고
정신한 번 잃은 적도 없이
찬송가 좀 불러 달라고 하시면서
잠시 눈을 감으셨는데
그것이 영영 이별이 될 줄을 미처 몰랐습니다.

오늘은 마지막까지도
우리를 배려하신 아버지께서
그토록 사랑하셨던 작품사진과
대화를 하고 있습니다.

보고 싶습니다. 그립습니다
사랑합니다.

아름다운 회상 / 오수경

불과 몇 달 전의 일인데도
몇 년이 지난 것처럼 아득하고
어제 일도 지난 추억이 되고
붙잡을 수 없는 시간이
안타깝고 서글퍼진다.

말 못 하는 바보처럼
명령대로 움직이는 로봇처럼
착하다는 칭찬이 마냥 좋았고
온순하고 여리기만 한 눈물 많았던 유년 시절

호랑이 영어 선생님을
긴장하고 무서워하면서도
많이도 존경하고 사모한
꿈많았던 사춘기 여고 시절

대학교에 입학하여
신입생 환영회에서 파트너가 되었던
동아리 선배를 짝사랑하면서도
표현 한번 못해보고 돌아섰던 지난날들

나중에 선배 언니한테 들은 후문은
그 선배도 너를 너무도 좋아했었는데
조심스러워 표현할 수가 없었다고.

아~돌아올 수 없는 날들이여
아름답고 소중한 추억들이여
벌써 중년이라는 생소한 언어가
나의 옷이 되어 입혀져 버렸네
하지만 어떡하랴
어느 누구도 거스를 수 없는 시간들
시간의 흐름에 걸맞은 아름다운 옷을
예쁘고 곱게 걸치고 싶다

돌아 오는 길 / 오수경

외로움 벗어 버리고자
찾아간 그곳에서
더 큰 외로움이

그리움 견디다 못해
찾아간 그곳에서
더 진한 그리움이

쓸쓸하고 공허함 달래고자
찾아간 그곳에서
더 텅 빈 마음으로
슬픔 가득 안고 돌아오는 길

더 큰 외로움
더 진한 그리움
더 쓸쓸하고 더 공허한
마음으로 돌아오려면
다시는 그곳에 가지 않으리

시인 이원근 편

››› **시작 노트**

올해 한여름이 우리의 육체를 달구었던 그때
우리는 무엇을 찾아
그렇게 열병을 앓았던가?
그 더위도 얼마 가지 않아 이젠 겨울이 우리를
냉랭한 추위로 좁은 집으로 몰아넣고 있다.
부족한 마음으로 시를 쓰게 하는 계절이 되어버렸다.
무한한 상상을 들춰보는 것도
시인의 의무처럼 점점 더
어깨를 짓누르게 하는 것은 무엇일까 자문해 본다.

어느덧 우리 동인지 2호를 발간하게 되어 기쁘고
부족하나마 열심히 시를 쓰고 싶습니다.
우선 광주, 전남 문학 동인들에게 고맙다는 말씀을 드리고
더욱더 발전하는 동인의 한사람이 되겠다는 마음으로 다가
갑니다.

광주가 그립다 / 이원근

아직 오월이 아닌 사월인데도
전라도는,
광주는
넋이 나간 사람처럼 먼 산
망월동만을 바라본다

광기가 아닌 일상으로
멀지 않은 그 시절의 오월을 살다 살다
먼저 가신 임들
그리워서 슬피 우는 광주를
양쪽 눈을 비비며 불러본다

눈물방울 흘러 흘러
내 천을 타고 강으로 모여지는
여기는 대(大)도회지

그래서 광주가 그립다

지워지지 않을 기억의 문신들이
이렇게 몸 전체의 피부를 태우고 있는
광주의 오월

세상 밖으로 나와야 하는
그 기억이라는 문신을 담아내는
지난날의 광주가
더 그립다.

그리움 / 이원근

희뿌연 미세먼지가 사라진 창문 밖
저 건너 풍경이 눈빛을 유혹하면
주인인 양 화폭 속에서 도시가
그리움으로 자리 앉는다

북적북적 손님들로 가득 찬 집의
저 먼 곳을 인사하듯
금방이라도 가까이 달려드는 몸짓들
도시가 고향이 되어가면

알알이 차복차복 쏟아내는 석류알처럼
창문에 걸터앉는 그리움
가슴 편에 쌓았다가
파도가 일듯 살랑살랑 다가온다

어릴 적부터 서로서로 키 자랑하는
대화가 더 길어지고 빌딩의 그림자가 기울어가는 도시의
감성 지수는 점점 더 앉은뱅이 되어가는 지금

어린 마음,
그리운 마음
어린아이처럼 그 키를 키운다

땅끝마을 / 이원근

그 이름
땅끝마을 품어 온 지
참 오랜 세월이었네

이리도 많은 외부의 부침들
거기에서 삶을 일구고 지냈던
조상 때부터의 마을

한번 가보고 싶은 마음
덥디 더워도 버스 타고 가면
한 시간,
두 시간 거리인데
거기에 마을이 있다.
그리운
땅끝마을

오늘이나 한번
가 볼거나,
누렁이가 볼 비비며 반겨 주는.

세월 (부제:경산 반곡지의 계절) / 이원근

겨울이었다
머리 아랫목까지 숨이 차오르면
너도나도 먼저인 양
초여름 하늘을 향하여
서로서로 움틀 날만을 기다리고

둥그런 시계의 바늘이 오늘도 돌고 돌아
매시간 자리 지킴을 하면
코끝 시린 겨울을 밀어내는 나무들
여인네의 얼굴 치장하듯
반곡지의 냇물에 얼굴을 비치며
세월을 지키고 있다.

한 벌판에 쏟아내는 차가운 겨울바람도,
귓불을 애무하듯 따뜻하게 내리쬐는 봄 햇살도
초여름의 계절 앞에 바뀌어 가고
초록 색깔 옷으로 갈아입고 서 있는
반곡지 뚝의 경비병들은
신나게 저 푸른 하늘을 이고 있다.

세월이 흘러가도
늘 그렇게

안시성의 꽃들 / 이원근

옛 기억을 떠올리는 후손들의 발걸음
힘 있던 고구려로 다가가면
송이송이 한 송이 피를 토하며 쓰러졌던
안시성의 꽃들

고구려의 역사로 살아나
귀를 울리는 안시성을 향한 사랑 이야기
지금까지 꽃들의 이름
지워지지 않고

사랑한다던 함성으로 안시성의
땅바닥에 발자국을 남기며
저세상으로 떠난 민초(民草)들,
군인이 전부는 아니었다

고구려는 하나
결코 지지 않는 마음의 항전,
목소리들이 여전히
오랜 세월 사라지지 않는 그대들은

중국 당나라에 꿇지 않고
고구려를 이야기하는
안시성의 꽃들이다.

할매꽃의 슬픈 이야기 / 이원근

겨우내 딱딱한 땅 아래 감추었던
할매는 사연 많은 여인

무덤가에 며느리 몰래
꽃으로 피어나
이른 봄부터 풀잎들 틈에서
보여주는 고고한 자태

며느리는 당신을 멀리하고
아들은 각시 품안으로 더욱 다가가면
시간의 풍경종 소리 따라
할매는 늙어가

어느 날 상여꽃 몸에 두르고
세상을 뒤로하며 홀연히 떠나갔다네

한 많은 마음 가슴 속에 담아
메똥 저편에서 홀로 피어나는
할매꽃의 슬픈 이야기
꽃망울 망울 고개 숙여
봄을 애태운다.

시인 이현주 편

››› **시작 노트**

누군가가 그랬습니다 / 이현주

섞인다는 것은
'나'라는 한 글자를 반으로 쪼개어
그 반은 주머니에 넣어두고
나머지 반을 보여주는 것일지도.

나를 다듬는 일은
해도 해도 끝이 안 보입니다.
섞인다는 것은
나를 다듬는 일인 것 같습니다.

봄을 만지다 / 이현주

아침 햇살이
창가에 동그랗게 앉았다
손가락을 가져가
꼼지락거리다 창을 열었다

바람이 따라 들어와
햇살 위로 앉더니
빙긋이 미소를 머금고
손을 내민다

산뜻한 스침
제일 먼저 찾아와
내 마음속에 피어난
봄을 만지다

가을 愛 / 이현주

그때 은하수에서 빛나던 별들이
여름밤을 수런대며 얼마나 많은
기다림을 견뎌왔던가
익어가는 것을 마주하고 싶어
빛을 내어주던 무수한 길목
삶의 모서리마다 그어진 선들 사이로
비로소 눈부시게 다가온 시월 즈음
나뭇잎 끝에다 풀어놓은 햇살이
바람결에 고운 빛깔로 번져갈 즈음
아직도 나를 응시하는 저 별빛이 내어주는
깊어진 사랑 숨죽여 바라보며
그 옹달샘과 같은 투명함에다
붉게 물든 한 잎 낙하에 일렁이는 파문
단 하나의 별이 되어 내 가슴에 박힐 즈음
눈물겨운 어떤 가을 즈음

해당화 꽃길을 따라 / 이현주

해당화 꽃길을 따라
노을 머금은 해풍이 나를 감싼다

향기 한 줌으로
홀로 외로웠을 거리에
코끝을 적셔주면서

무거운 마음을 헤아리듯이
토닥토닥 토닥이는
살가운 몸짓

고향을 품은 해안 길
언제나 같은 이 길은
만날 때마다 다른 모습이다

길에도 마음이 살고 있나 보다
그리운 아버지의 인자한 미소처럼
넉넉히 곁을 내어준다

어떤 날의 슬픔이
어떤 위로가 되어.

시간 / 이현주

시간은 그랬다

은근한 기대와 떠도는 기다림
가슴 한편에 살아있는 시린 통증

대뜸 밀려와 잔뜩 고조시켜놓고
마주할 때면 썰물처럼 이내
도망쳤다

외줄을 타는 외로움과의 투쟁
멈출 수 없는 긴장의 굴레

극과 극의 만남의 다른 교차로
서로를 원해 끌어당기다 차갑게
밀어낸다

꿈은 꾸는 자의 몫이라 하며
다가섬을 멈추지 말라 채근했다

처음처럼이란 말의 간절함에
남겨지고 다가오고 또 보내지면서

만남의 기쁨도 헤어짐의 슬픔도
다독여
언제나 새롭게 길을 열어 주는
사랑이었다

시간은 그랬다.

가을, 비 그리고 그리움 / 이현주

잊고 지낸 것들이 되돌아온다
한순간도 잊은 적 없는 얼굴로
잠자던 시간을 깨우고 다가서는

가을, 비 그리고 그리움

시벨리우스의 바이올린 협주곡처럼
날카롭게 그어대는 선율
저 외침은 누구의 흐느낌이런가

버려야 할 것이 많아서인지
그리움이라 말하고 싶은 것인지

빗줄기에 스민 애잔한 사랑이
에스프레소 크레마에 담겨
한 줌 시가 된다.

시인 정미형 편

››› 시작 노트

살아가면서

장밋빛 정원을 거닐기도 하고

지친 육신에

이끼처럼 덧붙여진

먹빛 구름이 엄습해올 때도 있습니다

원형의 녹색 판에

뒹구는 주사위같이

정해진 운명의 굴레속이지만

해탈을 꿈꾸며

더 비움의 자세로

찬란한 비상의 날갯짓보다는

사람이 사는

낮은 곳

빛바랜 책장 앞에서

더 지혜롭게 익어가려 합니다.

어머니의 보릿고개 / 정미형

가난은 초근목피에
한이 서려 있어
소쩍 소쩍새 울음소리뿐
낡은 치마폭
주머니는
헐렁이 빈곤하고

칭얼대는 아이 손에
보리 주먹밥 한 덩이가
저녁을 맞는다

늦가을 갈대 같은 푸석한 세월
냉기 가득한 손등
퇴색된 날갯짓

어머니 가슴은
늘 갈라져 있는 다랑논의
가파른 삶의 궤적을 그린다.

하얀 그리움 / 정미형

찬바람이 겨울을 잉태하더니
온 산야를
하얗게 물들여놓았습니다

허수아비도 백의를 기꺼이 걸쳤고
종일 달려온 하루는
그림자 되어 뜨락에 눕습니다

대나무의 푸른 내음이
꼿꼿한 기개로
달빛 창가에서 사그락거립니다

댓잎 사이로 언뜻언뜻 보이는
둥근달의 고운 자락에
채는 발길은 뉘 가요

그리움은 아직 저 멀리 있는데.

능소화여 / 정미형

가슴 찢어지는
그리움을 누가 아랴
그렁그렁 맺힌
주홍빛 눈물

님 향한 마음은
담장을 휘감은 채
뚝뚝
떨군 심장 위로
소쩍새 소리 구슬프구나

하룻밤 풋사랑의 그림자여
차라리
내 눈이라도 멀어 버리게 하소서

후미진 처소에 외로운 밤
담장 밑 서럽게 묻혀
피어난 능소화

여름날 뙤약볕 아래
뜨겁게 더 뜨겁게
님을 향해 피어나네

연어의 삶 / 정미형

아무것도 남아있지 않는
탈골된 육신과
손 마디 고랑마다
삶의 애환이 가득

서걱서걱
뼈 스치는 소리
시리도록 너덜거리고
다 뱉어낸
상흔(傷痕)의 장송곡 위로
바람이 매섭게 우니

가슴에 사리(舍利) 하나
별이 되어 오르네.

연꽃 / 정미형

초록 너른 품
다소곳한 자태
흙빛 속에 영롱하구나

채워지면 비워내는
지혜로움에
더 고귀하고 아름다운 꽃

청렴한 빛과 신성함
한없는 자비(慈悲)로
고운 임 오시는 길 산사의 불 밝히네

몇 만겁이나 고행을 해야
나도 너처럼
흙 속의 진주가 될까나

들꽃 / 정미형

하얀 도화지 안에
파스텔 색조의 들꽃을 담았다
맑은 영혼의
꾸밈없는 모습이라 더 사랑스럽다
잔잔히 흐르는 수채화 속에
나비가 날아든다
보이지 않는 겸손까지 그려 넣었더니
비로소 들꽃이 되다.

시인 정병근 편

››› **시작 노트**

좋은 삶 / 정병근

참으로 좋은 삶을 말하라면
행복하고
건강하고
즐거운 생활이라 할 것이다

그렇게 되기까지
누구나가 힘든 과정을 겪는다

굳이 실천하지 않더라도
그 뜻을 모르는 사람은 없다

누구나 살아간다는 것은
좋은 삶을 실천하는 것이 아니라
그만큼 노력하는 것이어야 한다.

당신의 세월 / 정병근

그대는 늙어도
언제나 여왕이라
화무십일홍이라지만
지난결 고매한
담녹색이 풍기는 미(美)를 품었으니
흰빛 그 향기는 세월의 보증이요
증표니라
문지르고 문지르면
청잣빛
무지갯빛으로 빛나리오

봄꽃 / 정병근

푸릇푸릇 잎새를
총총히 걸어온 밤
바람결에 씨앗을 품었다

암 수술의 연정을 그린
간절한 동경

한 알 동 불쑥 돋아나
피어난 꽃이
이토록 아름다울 줄이야.

첫날 밤 / 정병근

쓿은 쌀 속 뉘를 고르는 할머니
열일곱 사랑을 줍는다

사랑이 홀로 찾아드니
생경한 바람이 길을 안내한다

흰 눈꽃 송이 소복이 쌓인 혼행길
옥비녀 빼주던 그 날 밤

콩 타작 / 정병근

머털도사가 큰나무를
뛰어넘는다 해놓고
눈 깜작할 사이 옆으로
한 바퀴 돌아 서 있다
눈속임이다

도리깨 등을 타고 도술 부리는 녀석들
풀잎 사이사이 숨는다
귀여운 노란 색깔이 병아리를 닮았다
나는 그들을 잡고 있다

날고 긴다는 사람 위에서 노는 사람 / 정병근

선배 한 분이 정년퇴직하고 몇 년이 지났다
산에 다니기도 지겹다며
어디. 일할 곳 있으면 알아봐 달란다
노는 것이 생지옥이란다
자연을 즐기면서 살아가시라고 말은 했지만.
"언제 내가 놀아 봤어야지"
선배님 말씀이 코끝이 찡하다.

머지않아 내게 닥칠 일이다
마음의 여유 없이 살아온 건 사실이다
기는 사람 위에 나는 사람
그 위에 노는 사람이 있다지 않은가
이만큼 했으면 이제
자연 속에서 즐기며 살아보자
그런 마음의 여유조차 없이 살아온 나를
뒤돌아본다
이제, 날고 긴다는 사람 그 위에서 놀아보자.

부모님 사후(死後) / 정병근

어머니 생은
나이 마흔셋에 액자에 갇히셨다

아버지 세월도
육순에 멈추셨다

빛바랜 흑백 사진은
시골집 윗목 천정에서 긴 해를 보낸다

오랫동안 늙지도 않으시고
틀 속에서 잠드셨다.

이제 휴대전화 속에서 영면 하신다.

시인 정찬열 편

››› 시작 노트

우리가 일상을 살아가며 생활을 위해
본질인 생각에 잠기기 마련이다.
때로는 환경이 비참함을 이겨내는 힘을
우리에게 준다. 그래서 존경을 받을 만한 점은,
생각을 바꾸어야 할 필요 점이다.

한편 사람이 어리석고 비루하게 되는 것
또한 생각 때문이다. 생각이 깊어지면
갈등만 커가는 것이기에 자아를 좀 더 성찰
하기 위해 사람의 마음을 뒤흔들 필요가 있다.

비록 늦깎이의 마음을 뒤집어 사상(思想)과
감정을 기록하는 문학으로 도전하여 생각을
바꾸어 언젠가 단, 한 편의 시가 훌륭한 글이 되기 위해
최선으로 이끌어나갈 것이다.

늦은 시작이지만 누군가는 말했다. 시란!
"석탄 속에 들어 있는 목화 구름"이라고

삶의 소망 / 정찬열

불현듯이
앞만 보고 열심히 살다 보니
어느덧 고희의 문턱에 서서
뒤도 돌아보며 살아야겠다고
허리를 펴니
자녀들이 즐거움을 주었습니다.

자식들 낳아
결혼만 시키면 되려니 했는데
우리 부부가 걸었던 길을
또다시 가쁜 숨 몰아쉬며
내 아들딸들이 따라서 오네요.

우리가 예까지 오는 동안
배우고 가르쳐왔던 학습효과에
아버지가 되고
그 자식이 아빠가 되는 것처럼

그 모두를
매사에 신중히 처리하려 하니
어느덧 머리에 백설이 내려앉고
삶이란 누구에게나
후회 없이 살고 싶은 소망인 것을

백아산 두견화 / 정찬열

구름도 쉬어 넘는
750고지 백아산 마당바위
빨치산 주둔지 희생의 넋을 기려
66m 길이에 150cm 폭의 하늘 다리
500 여일 공사에 하늘에 걸쳤구나.

화순군 북면 백아산(白鵝 山)
쉬엄쉬엄 오르려 해도
가파른 오름길 녹록하지 않은 데
꺽다리 두견화(杜鵑 花) 숲에
이마에 흘린 땀을 식히며 오른다.

아무리 힘들어도
하늘 다리에 오라는 손짓은
풋풋하게 웃음 짓는 눈길
연분홍 윙크에 피로도 잊고 오른 길

힘겨워 오르는 등산길
산 벚꽃도 반기는데
저 멀리 면민의 축제 소리는
돌아가신 희생자 응원가 삼아
바위틈에 붉은 넋은 두견화 꽃 둥지

바위에 걸터앉은 두견화
피를 토하며 손짓하고
산비둘기 쉬어 넘는 하늘 다리 위에
햇빛 숨긴 그림자도 넋 놓고 쉬다 가누나.

바다는 / 정찬열

파도에 밀린
하얀 물거품이
솟구치며 허공을 때린다
해안선은 또 울분을 토하고
개펄 물을 물거품으로 포장한다.

마음을 풀어서
몸으로 받아주고
물결은 금빛을 머금고 수없이
부디 치며 뱉어낸 사연들

바위에 부딪힌
아픔을 어루만지며
자신을 스스로 달래는 고통
온갖 아픔을 인내로 품어 앉고

무뎌진 오랜 세월
잠재된 모서리를 깎아도 내고
해안선의 바다는, 오늘도
인고의 아픔을 알싸하게 토하고 있다.

외손녀의 사랑 / 정찬열

해맑은 얼굴
나비잠에 취한다
아기가 자고 나면
울음으로 신호 보내는 것인데
어느 때 잠이 들고 깨어난 것인지

귀를 기울여도
들어보기 힘든 울음소리
백일이 지나고
분유도 주면 감식으로 먹어치우고

배고플 때가 지났어도
보채거나 울음소리가 없다
2백여 일이 지난 아기는
뻥튀기 과자에도 천진난만이다.

심심풀이 푸는 외할미에게
엄마보다 외할미를 더 따른다
허무를 달래는 외할미
하기야 살아가는 내리사랑이다.

갓난아기의 심성에
곱기만 한 새날의 축복은
염화미소(拈華微笑)에 사랑이며
살가운 속사랑에 天常의 바래기여라.

천상(天常) : 하늘이 정한 인륜의 길
염화미소(拈華 微笑) : 말보다 마음에서 마음으로 전하는 일.

마음속에 고향 / 정찬열

선택받은 추석명절에
모처럼 찾았을 때의 고향
옹기종기 모여 있던 집들은
헐렁한 바지처럼 자리하고
기억 건너 저편에 나동그라졌다.

정든 초가집도 떠나버렸고
산천도 달라져 버린 고향에는
함께 뛰놀던
친구도 떠나버린 곳
몸 따로 마음 따로 고향에 간다.

고향이라 접어두자
소 몰고 뛰놀던 그리움만
추억어린 기억 저편에
하늘에 늪는 덕용 산은 숲만 우거져
내 고향 들녘은 몰라보게 변했다

뛰어놀던
그 자리가 사뭇 그리워
새롭게 달라진 현실을
애써 지우며
세월 먹은 정자나무 아래 정각의 여운

기억에도 서린 마음
그리운 나이테 똬리를 틀고
쉬어갈 추억을 휘감아 놓고
지금은 옛 정취만 고향의 향수에 머문다.

시인 **주일례** 편

››› **시작 노트**

시를 쓰다가 놓쳐버린 게 너무도 많다.
그중에 제일 가슴 아픈 건
소중한 사람들이
무슨 생각을 하는지 모르고 지나갔다는 거다.
철이 늦게 들었다는 얘기.
그래도 지금 이 자리에서 생각한다.

지금도 늦지 않았다는 거

눈이 쌓인 아침 / 주일례

함박눈이 지붕을 덮고 있는 아침
가슴이 무덤덤하고
아무 느낌이 없다는 건 슬픈 일이야
나이가 깃든 것처럼
시뻘건 시절 다 지난 것처럼
감성의 풍년 다 떨어진 어느 늦가을같이
서럽고 슬픈 일이야.

뒤로 걸어보자

소녀처럼.

등 / 주일례

등에 촉촉한 바디로션을 바를 수 없다.
거울을 등에 갖다 놓고 봐도
시원하게 볼 수도 긁을 수도 없는 우주
사람들은 자기 몸에 우주가 있다는 것을 모르지
금성과 토성 저 무수히 많은 흑성처럼
눈으로만 보고 손으로 만질 수 없는 우주가
바로 신비스러운 몸 어딘가에 존재하는 것을 모르고
늘 멀리에 있는 사람을 찾고
네가 바로 그 사람임을 모르고
가장 소중한 사람이 바로 너이고
평생 가도 볼 수 없는 등 같은 우주라는 것을 잊고
그냥 흘려보내고 마는 억만년에 인연

네가 보고 싶다 / 주일례

꽃병에 있는 꽃만 보던 나이가 있었지.
예쁘고 향기로운 그 빛깔만 얘기하던 시절이 있었지.

꽃이, 꽃을 떠나 꽃으로 사는 게
얼마나 아프고 서러운지 모르고 있었다.

첫눈 같은 사람 / 주일례

첫눈이 오면 창문을 엽니다.
그대가 어디선가 올 것 같습니다.
첫눈처럼 올 것 같고
첫눈처럼 갈 것 같은,
그대가 바라보고 서 있는 곳이 나라고 믿고 싶습니다.
아니, 나여야 했습니다.
그래야만 그리움이 말을 합니다.
가슴에 묻어 두었던 얘기
그 슬프고 애잔한 기억
누군가의 첫눈입니다.
격한 풍경이고
아름다운 이름입니다.
그리고 보면 헛된 인연은 없습니다.

결코 만나지 말아야 할 인연도 없습니다.

단지 극복하지 못한 인연만 존재할 뿐이지요.

그래서 슬픈 사람들이 많습니다.

아픈 사람들이 많지요.

그 시간도 지나가지요

마음이 잔잔한 바다처럼 고요합니다.

살아보니 그렇습니다.

그냥 스쳐 간 간 사람은 빨리 잊습니다.

아픔으로 박혀 있는 사람은 다르지요.

시시때때로 생각이 나고 보고 싶어 미치지요.

그러다 또 잊어질 사람입니다.

까마득히 잊었다가 어느 날 문득

첫눈처럼 설레게 올 사람이기도 합니다.

그런 사람을 생각합니다.

이 겨울에 뜨겁게 산 흔적 하나 생각하지요.

첫눈이 그렇습니다.

지금 내 앞에 우는 당신이 그렇습니다.

그리운 사람들 / 주일례

이 가을에는 나뭇잎도 익고 나도 익는다.
별들이 드문 도시 어느 하늘이라도 익는다.
어제 그대와 사소한 언쟁이 아무일도 아닌 것처럼
가슴을 넉넉하게 하는 그 오묘한 빛깔처럼 사뿐사뿐 익어간다.
새들도 익어가고 저 억새의 생도 하얗게 익어가서 아름답다.
눈으로 보고 담는 모든 생이 눈부신 가을이다.
허나 또 무수히 떨어질 서러운 운명
그대 낙엽을 밟으면 한번이라도 생각해 봐라.

가을 / 주일례

당신이 오시는 길로 마중을 가고 싶습니다.
급하지 않게 천천히, 서운하지 않게 마음을 놓겠습니다.
그동안 함께했던 저 매미와
뜨거웠던 햇살에게도 안녕을 고하고 싶습니다.
초록이던 나뭇잎에게도 즐거웠노라 인사하고
그리고 다시 가을에 그 나뭇잎을 만나면 묻고 싶습니다.
여름에 무슨 일이 있었기에 그 심장이 시뻘겋게 익어가냐고요

시인 하신자 편

>>> **시작 노트**

아이에게는 노래가 되고

젊은이에게는 철학이 되고

중년에게는 희망이 되고

노인에게는 삶의 여정이 되어

그리움마저도 어여쁘게 물들이는

아름다운 시의 세상에서 우리 함께해요.

잠꾸러기 / 하신자

해님이 봉긋한 가슴을 내밀고
운동장이 실눈을 뜨며 기지개를 켜면

졸음을 주렁주렁 매단
스쿨버스가 학교로 들어오고

꽃 같은 웃음으로
선생님은 아이들을 맞는다

반가움은 순간,
수업이 시작되면
아이들은 창밖의 햇살을 끌어다
이불로 덮고 잠이 들면

선생님은 발만 동동
무심한 책상과 의자는 꿈속을 헤맨다

누가
아이들의 소중한 수업에
잠꾸러기를 초대했을까?

어머니는 나의 등대 / 하신자

어여쁜 꽃이고 싶을 때
쓸쓸한 낙엽이고 싶을 때
어머니를 닮은 바다를 보러 간다

어여쁜 꽃으로 다가가서
늘어지게 자랑을 하고 나면
고운 눈빛으로 환히 웃어주고

쓸쓸한 낙엽으로 다가가서
우물 같은 외로움을 쏟아내면
파도를 보내어 함께 울먹여 준다

바다의 다정한 위로에
구겨진 마음 정갈하게 다듬고
육 남매의 보물 1호
어머니를 만나러 간다

백 년을 자식 키우느라
귀도 눈도 잘 보이지 않지만
정성 가득한 밥상 차려주며
따뜻한 빛깔의 삶을 일러주는
어머니는 나의 자상한 등대이다.

어머니의 이불 / 하신자

어머니께서는 사계절 얇은 카펫 위에
떨어진 이불을 덮고 주무시니 주말에 어머니를 뵈러 가면
꿰맨 이불이 방바닥에서 먼저 일어나 반긴다

속상한 마음에 새 이불 꺼내 놓고
꿰맨 이불 몰래 버리며 새 이불 덮고 주무실
어머니 생각에 콧노래가 절로 나온다

다음 주말
사각사각 하얀 얼굴 보러 갔더니
버렸던 이불이 웅크리고 누워있다

다 떨어진 이불 버리지 않고 꿰매고 또 꿰맨다며
화도 내고 달래도 보지만 늙고 등 굽어 여린듯하면서도
당찬 백 년의 삶을 이길 수 없어 그저 헛웃음만 지을 뿐

어쩔 수 없이 뜯어진 곳 꿰매 깨끗이 빨아서
볕 좋은 마당에 널어놓으니
하회탈 닮은 주름진 미소가 헤벌쭉 웃으며
사립문 쪽으로 얼굴을 내밀던
농익은 여름을 마당으로 불러들인다.

응원 / 하신자

선생님 따라온 미운 성적표
숨 막히는 정적 흐르고
생각보다 낮은 점수에
교실이 대성통곡한다

십 점이나 떨어진 성적
천근보다 무거운 마음의 짐
어머니께 내려놓자 둘 사이에
오랜 침묵이 절망의 시소를 탄다

선생님은
후회와 서운함으로
하얗게 밤을 지새우고
책상 속에서 비틀거리는 나를
말없이 안아주며 토닥거린다

선생님의 응원에
회색 눈처럼 질척거리던
절망이 서서히 녹아내리고
다시 봉긋한 희망이 솟는다.

선생님은
절망을 밀어내고
새벽 별처럼 빛날 수 있게
해 주는 나의 수호신.

남자친구 / 하신자

혼자일 때
뽀얀 안경은 이름 없는 눈물을 매달고
구불구불한 마음은 쓸쓸한 주름을 가득 싣고
어머니 닮은 바다를 찾아가지만

둘일 때는
내 안에 네가 가득하고 촘촘하여
살짝 스치는 바람에게 인사하고
미운 게으름에도 웃어주면서
이팔청춘인 양 떨리고 설레는 마음이
두근두근 온 밤을 가득 채운다

가끔
걱정 가득 싫은 두려움이
손을 내밀기도 하지만
너의 작은 위로에
두려움은 금세 희미해지고
내 사랑은 만선이다

비록
사랑의 무게는
시간에 비례하지 않고
서로를 향한 마음의 비례한다지만
너는 나의 진정한 남자친구이다.

추억 / 하신자

남광주 시장에
일렬종대로 서 있는 튀김 안에서
여고시절 푸른 꿈이 말 캉 말 캉 씹힌다.

초등학교 동창생 / 하신자

속없이 편한 널 만나면
어느새 골목길 담벼락의
술래가 되어있다.

내리사랑 / 하신자

엄마 삶의 버팀목은 딸이지만
딸에게 엄마는 잠깐의 아쉬움과
그리움뿐일지도 모른다.

그리움 / 하신자

가을이 부끄러워
빨갛게 얼굴을 붉힐 때
내 마음속에 빛바랜 그리움이 들어와
살며시 웃는다

대한문인협회 광주전남지회 동인문집

세월을 잉태하여 2집

2019년 3월 11일 초판 1쇄
2019년 3월 14일 발행
지 은 이 : 김강좌 김종덕 김창환 김현철 김형근
　　　　　박근철 박기만 박정기 박희홍 배인안
　　　　　소재관 오수경 이원근 이현주 정미형
　　　　　정병근 정찬열 주일례 하신자
펴 낸 이 : 대한문인협회 광주전남지회
엮 은 이 : 김락호
디자인 편집 : 이은희
기 획 : 시사랑음악사랑
연 락 처 : 1899-1341
홈페이지 주소 : www.poemmusic.net
E-Mail : poemarts@hanmail.net
정가 : 10,000원
ISBN : 979-11-6284-098-6